내일은 희망이
아니다

내일은 희망이 아니다

초판 1쇄 발행 • 2018년 11월 14일

지은이 • 표성배
펴낸이 • 황규관

펴낸곳 • 도서출판 삶창
출판등록 • 2010년 11월 30일 제2010-000168호
주소 • 04149 서울시 마포구 대흥로 84-6, 302호
전화 • 02-848-3097
팩스 • 02-848-3094

디자인 • 정하연
인쇄 • 신화코아퍼레이션
제책 • 국일문화사

ⓒ 표성배, 2018
ISBN 978-89-6655-102-6 03810

* 이 책 내용의 전부 또는 일부를 재사용하려면
  반드시 지은이와 삶창 양측의 동의를 받아야 합니다.
* 책값은 뒤표지에 표시되어 있습니다.

내일은 희망이
아니다

표성배 시집

삶창

시간이 언제나 내 편이 아니라는 것을 나만 몰랐다. 참 우둔하다. 저 칠흑 같은 1980년대와 1990년대 형들과 아우들과 공장과 어울려 건너온 시간을 나는 잊을 수 없다.

지난 시간 위에는 봄꽃 같은 추억이 잔잔한 웃음을 머금게도 하지만, 곳곳 상처로 인한 흔적이 더 많다. 상처가 아물기도 전에 바람에 휩쓸려간 손들을 그래서 잊을 수 없다.

2010년대가 되어도 바람은 여전히 공장을 흔드느라 바쁘다. 흔들리는 공장 속에서 내가 할 수 있는 일이 별로 없다는 것을 나는 안다. 그래서 갈 길은 염려하지 않기로 했다. 사실 내 소관이 아니다. 그런 시대가 되었다.

위안이 마음속에 있는 것처럼 공장이 내 몸속에 똬리를 튼 지 오래다. 공장과 내가 한 몸이 되었다고 생각하지만, 실은 공장이 변하는 만큼 나는 따라가지 못한다. 그래서 갈수록 몸이 무겁다. 몸만 무거운 것이 아니라 여전히 하루라는 현실이 더 무겁다.

이제 좀 더 가볍고 밝고 편안한 시를 쓰고 싶다.

2018년 여름 마산 무학산 밑에서, 표성배

차례

제2부

제3부

제4부

제
1
부

화음

기계를 만든 손

손이 움직이자 기계가 돌아간다

손과 기계는 한 몸

기계 돌아가는 부드러운 소리에

마음이 편안해지는

하루,

쿵— 쿵— 쿵— 프레스 소리

쇠를 갈아내는 그라인더 소리

땅— 땅— 땅— 망치 소리

쇠를 녹여 붙이는 소리

소리가 어울려 내는 이 화음

공장에 첫발을 들이던 순간부터

내 마음을 사로잡은

거대한 공연장

오십 세

짚신을 신고 떠나보기로 한다

십 리도 못 가 발병 나는지

딱 십 리만 가보기로 한다

발병이 날까 말까 마음 졸이며

보리 심줄 파릇파릇한

보리밭을 지나서

기계 소리 고막을 찢는

공장 정문 지나서

머리 풀고 강물에 멱 감는 능수버들을 지나서

딱 십 리만 가보기로 한다

발병이 날까 말까

짚신을 벗을까 말까 마음 졸이며

딱 십 리만 가보기로 했는데

낙화 시대

누가 떨어지는 사과를 보았나

떨어져왔고 떨어지는 사과들

떨어지지 않으려 발버둥 치는 사과들

살기 위해 가슴에 별을 품고 하루하루 버텨도

떨어지지 않은 사과는 없었다

정규직이거나 비정규직이거나

떨어진 사과 앞에서

'왜?'라고 생각할 여유가 없다

지금은 낙화 시대

갈수록 왜소해지는 사과나무

결국 사과는 떨어지게 되어 있다

자본주의 1

—기계와 속도

산업화 이후 부정할 수 없는 것은

기계와 속도 사이예요

그 사이에 한 노동자의 생이

한 가정의 삶이

한 나라 역사가 송곳처럼 버티고 있고요

어제도 그랬듯, 내일도

비무장지대 하루처럼 말입니다

긴장과 긴장이 팽팽한 시위처럼 날이 서 있는

멈출 수 없는 기계 말이에요

기계를 따라 뛰고 뛰고 뛰어도 멈춰지지 않는

속도 말이에요

그 사이에 당신의 맑은 아침이

나의 편안한 저녁이 보이시죠

혼밥 시대

혼자라서 외롭다는 건

둘이 있을 때 깔깔 웃다가도

소주잔을 주고받다가도

마음 한쪽이 텅 빈 적 있다는 걸

모르고 하는 말이다

앞서 걷는 저 다정한 두 사람에게도

오늘, 건네지 못한

외로움 짙은 그림자가 말을 걸고 있다

세상은 언제나 혼자가 아니지만

언제나 혼자는 세상이다

혼밥, 혼술, 혼숙이

짙은 그림자를 드리우고 있다

대한문* 앞에서

담 밑에 쌓여 있는 말간 눈

그 눈 속을 들여다본다

하늘에서 내려오는 눈이 보이는데

처음에는 산만했다가

점점 투박하기 이를 데 없는 바위만 하다가

이렇게 보드라운

이 보드라운 깃털 같은 눈 앞에서

개구리 군복에 검은 안경에 빳빳한 군모에

가스통에 태극기에……,

손바닥으로 가만히 눈을 쓰다듬어본다

길 일러줄

인자하고 지혜로운 어른이 없다

누구에게 봄을 물어야 하나?

* 덕수궁 대한문.

저녁놀

딱딱한 엉덩이의 온기를 받아내느라

공원 의자가 온 힘을 쏟아내는 동안

한 노인과 눈을 맞추는

낮은 산 능선 너머

쉬지 않고 달려온 노동의 시간이 멈추어 있다

누구에게나 돌아갈 집이 간절하지만

물관이 점점 좁아지는 우듬지에는

하루 몫의 위안이 필요하다

갈퀴 같은 손으로 잠시 허공을 거머쥐고는

이내 스르르 놓아주자

공원 벤치 한쪽이

긴 그림자를 늘어뜨리기 시작한다

퇴근 시간이 가까워졌다

내일은 안녕하십니까

한 치 앞을 볼 수 없군요

갱도 끝은 어디쯤일까요

새삼 돌아보게 되는 것은

앞이 보이지 않기 때문만은 아니에요

위안이 언제나 뒤에 있기 때문이랍니다

매일 밤 긴 관을 따라 흐르는

강물 소릴 들어요

지나온 길 소나무는 푸르고

노을은 여전했습니다

이 강을 가로지르는 기러기 한 마리가

안부를 묻는 저녁입니다

당신은 안녕하십니까

좀 솔직하게 살자

호수에 떨어지는 비를 보고 있지 않았겠어요

동그랗게 원을 그리는 빗방울, 빗방울의 마음을 점점 느끼면서 말입니다

물결과 물결이 몸으로 부딪힐 때마다 철렁, 가슴을 확인하면서 말이에요

빗방울이 동그랗게 원을 그릴 때마다 언제까지나 부딪히기만 하는 당신을 생각하고 있어요

부딪혔다가도 먼저랄 것 없이 한쪽이 스르르 허물어지는 물결

왜 당신 앞에 솔직해질 용기가 없을까요

한쪽 물결이 다른 물결에 기대어 잦아드는 것처럼 당신에

게 먼저 손 내밀어도 좋은

　호수에 떨어지는 비를 보고 있지 않았겠어요

　빗방울 동글동글 떨어질 때마다 철렁, 내려앉는 가슴을
끌어 올리면서 말이에요

탈선

신호등 앞에 섰다

신호가 바뀌는 순간 급히 가는 발걸음들

먼저 가세요 해놓고,

건너오는 사람들과 점점 가까워지는 동안,

(나는 건너지 않겠다)

그러는 중에도 바쁜 것은 마음이었다

이미 깡충깡충 보도를 건너고 있다

소리 없이 파란불이

다시 빨간불이 되는 동안

나의 탈선을 의심하지 않기로 했다

잠시 잠깐 그랬다

깜박하고 지구가 졸았던 것처럼

(자— 빨리 건너자 오늘도 지각이다)

마이산에서

하늘에서 쫓겨난 부부가 속죄하고

하늘로 오르다 멈춰버렸다는 이야기보다

말 귀를 닮아

백리 밖 바람 소리도 들을 수 있다는

이야기가 더 정겹다

두 귀만 쫑긋 세워두고

마음은 땅 아래 묻어두었으니

천년 전에도 천년 후에도 듣기만 하겠다는

네 고집,

두 귀 사이에 서보면 들린다

오늘도 멈출 수 없는 망치 소리

기계 소리에 아침이 열리는 것을

이대로 하늘로 오르고 싶다가도

아이들 숟가락 부딪치는 소리에

마음을 고쳐먹게 된다

내일은 희망이 아니다

한 번 지나간 바람은 두 번 다시 오지 않는다

어제가 그랬고

사랑한다던 목소리가 그랬다

생각해보지 않아도 알 수 있는 것이 있다면

생각해볼수록 알 수 없는 것도 있다

어머니 마음이 그렇고

아이들 웃음소리가 그랬다

알 것 같지만 알 수 없는 내일 앞에

불어오는 바람과 마주 서서

공구를 잡는 대신 머리띠를 묶고

깃발을 드는 그들,

그들이 지나온 저 1980년대 1990년대가 그렇고

오늘과 내일이 그렇다

황사 바람

옛사람들은 우토雨土나 토우土雨는 흙비라 하여

하늘이 노했다는 불길한 낌새로 여겼다

봄이면 서쪽이 수상한 것은

흙비에 흙바람을 끝없이 몰고 오기 때문이다

서쪽에 성을 쌓고 창검을 시퍼렇게 세워도

국경 따위 안중에도 없는 저 알 수 없는 바람

봄날 꽃봉오리보다 먼저 도착하여

눈을 멀게 하는 전사戰士들

아무리 먼 길을 달려와도 하나 지친 기색 없다

아침저녁 쌀쌀한 기온에 힘을 얻기도 하지만

정작 꽃향기를 맡기에는 턱없이 부족하다

겨울을 견디는 동안 사람들 목이

기린처럼 길어졌다가도 자라목이 되는 이유는

아직도 봄을 알 수 없기 때문이다

언 강 위에 서서

경험은 가장 명쾌한 뼈의 소리

저 쿠데타와 유신과 3당 합당과……,

촛불 앞에 두고서

꽁꽁 언 강 아래를 생각한다

역사가 유행가처럼 돌고 돈다면

역사가 진화한다는 말

잔인한 말,

언 강 위에 서보면 안다

강과 내가 한 몸처럼 느껴지지만

한 몸이 아니다

이 불안한 마음을 감출 수 없는 것은

얼어붙은 강 표면 때문이다

촛불 한 자루 들고

언제 녹을지 모르는 언 강 위에 서서

강 아래를 생각한다

노을을 등지고 걷다 보면

오늘은 땅만 보고 걸었습니다

하루 지나는 시간의 무료함 때문은 아니고요

더욱이 낯 뜨거운 죄를 지은 것도 아니랍니다

간혹 고개 빳빳이 드는 게 죄라는 생각,

노을을 등지고 걷다 보면

저절로 고개가 숙여지는걸요

제
2
부

부부

몸 구석구석 문지르고 살피고 어루만져도

내 등짝만 내가 오롯이 만질 수 없다는 것은

운명처럼 잔인한 일이다

그래서 몸이 먼저 알아차리고

무거운 짐을 졌는지 모른다

날마다 구두를 나란히 벗어놓고

사랑한다 사랑한다 서로 등을 어루만져주는

그래서 부부는 운명이다

누구에게도 보이고 싶지 않은 등이지만

정작 자신은 볼 수도 만질 수도 없는 등

부부는 등을 마주 보고 서서

등을 보이지 않는 것인지 모르지만

오늘은 꼭 만져보리라

살살 쓰다듬어주리라

장마전선

이른 아침 아파트 베란다에 서서

빗방울 소릴 듣는다

처음엔 분명 빗방울 소리였는데

전화벨 소리였다가

아내 목소리였다가

분명히 빗방울 소리였는데

신경질적인 장마전선이

쉽게 물러날 것 같지 않아 불안하다

화단 귀 활짝 핀 접시꽃에서

접시 깨지는 소리 날까 불안하고

쥐똥나무 하얀 꽃잎이 열매도 맺기 전에

우르르— 떨어질까 불안하다

처음엔 분명 빗방울 소리였는데

아내 목소리였다가

전화벨 소리였다가

길 위에서

어둠살을 피해 쉼 없이 달려왔으나

그림자처럼 따라다녔다

언제나 거친 숨을 고르는 것은 내가 온 길이었다

별 하나 반짝 손을 내밀기도 하였으나

어둠은 독재자의 군대처럼 길마저 침묵을 강요하고 있었다

그럴 때마다 지나는 바람이 위안이었다

처음부터 돌아갈 길은 염두에 두지 않았다

갈 길이 노을처럼 길게 내려앉는 날

더 넓은 길 위에 짐을 풀어놓고 싶었으나

언제나 어둠이 문제였다

어둠에 발목이 잡힌 연후에야 알게 되었다

어둠과 내가 한 몸이었다는 것을

명확한 길

너무 멀리 왔다

북극성은 어디에도 없었다

그러고 보니 달려온 것은 내가 아니라 시간이다

내릴 곳 다가올수록 가슴 미어지는 이름

어머니!

일러주지 않아도 알 수 있는 것은

불효의 길은 너무나 명확하다는 것이다

저 하늘 집으로 돌아가는

기러기 한 마리

오늘 밤을 함께 기다린다 북극성이 빛나기를

너무 멀리 왔다

어디쯤에서부터 지나온 길을 되짚어야 하나

시간에는 브레이크가 없다

불가사리

새끼들이 더 높이 더 멀리 날기를 소원했다 천도를 하듯 아버지는 다섯 식구를 날갯죽지 속에 품고, 해 지지 않는 도시를 선택했지만, 도시는 아버지를 반기지 않았다 그게 가장으로서 처음이자 마지막 실수였다 도시는 처음부터 무릎을 꿇리고 튼튼하던 두 날갯죽지를 꺾음으로써 위엄을 보이는 것을 잊지 않았다 그 위엄 앞에 아버지는 단 한 번 고갤 들지 못했다 마산시 석전동 263의 9번지 표表 자 형亨 자 세世 자 이름 석 자가 박힌 문패를 달게 한 것 외에는 한 뼘도 도시는 허락하지 않았다 그사이 두 누님은 아버지처럼 새로운 선택을 했고 어머니는 도시 허리를 받치느라 허리가 꺾였다 어린 동생은 직업학교를 무사히 졸업하고 공장으로 소처럼 팔려 갔다 그래도 아버지 허리에 매달려 달랑거리는 문패만은 변하지 않았다 다행이다 저 문패가 아버지 유일한 위안이 된 지 오래, 그사이 도시는 먹어도 먹어도 배가 고픈 불가사리로 변해 있었다

낮달

끝없는 마천루

눈부신 그늘에 짓눌린 채 팔딱거리는 난전

그래도 죽을 수는 없다고 랄랄라—

랄랄라— 무조건 천 원

무조건 천 원 랄랄라—

매미처럼 울어대는 저 밀짚모자

저 밀짚모자 속 얼굴

얼굴은

몽고정[*]

요란하던 말발굽 소리

더는 나아갈 수 없어 망연茫然하고 자실自失했던가

내 조상의 피를 대지에 뿌리며 휩쓸고 온

초원의 칼바람을 막아선 것은 높은 성벽이 아니라

평평한 바다였다

물러설 수도 나아갈 수도 없었던 그들

말들이 내뿜는 거친 숨소리가 울렁울렁 파도를 탈 때마다

노을 어린 바다의 등에 끝없이 펼쳐진 초원을 생각했을까?

우물물에 비친 고향 하늘을 보았을까?

알아들을 수 없는 아우성이 우물 속을 떠나지 않고 있다

머리 위로 지나가는 기차 레일은 초원까지 뻗어 있고

멀리 바다를 건너온 이국의 바람이

그날, 그 말 울음소리를 전해주고 있다

* 몽고정 : 창원시 합포구에 있는 우물. 지름 1.7m 깊이 6~7m, 경상남도 문화재자료
  제82호. 고려 원종 때 일본 원정을 앞둔 몽골군이 군마의 음료수 확보를 위해 판 것으
  로 물맛이 좋아 식수나 술, 간장 제조에 이용된다. (출처 : 한국민족문화대백과사전)

이 밤과 좀 친해져야겠다

바람이 날뛰는 밤이라 그런지 달빛마저 차갑다

바람에 흔들리는 어린 벚나무 한 그루

나는 벚나무가 애처로워 창가를 떠나지 못하고

불 꺼진 방바닥을 왔다 갔다 거닐어보지만

마음은 꽁꽁 얼어만 간다

어디선가 들려오는 구급차 소리가

어둠을 뚝 잘라먹고 있다

잠시, 설치던 바람이 자지러졌는지

창가에 서서 흔들리기만 하던 어린 벚나무 졸가리에

달빛이 살짝 내려앉고 있다

아무리 방바닥을 거닐어도

차가운 이 밤을 넘길 별 신통한 수가 없다

아침이 올 때까지

어린 벗나무와 달빛과 구급차 소리를 들으며

이 밤과 좀 친해지는 법을 먼저 배워야겠다

선암사에서

우리 아이 세 살인가? 네 살 적

나, 선암사 누워 있는 소나무 앞에서

신기해하며 사진 찍고 손도 잡아보고 했네

그 아이 대학 들어갈 나이 되도록

누워만 있는 소나무 앞에

다시 서서 나, 사진 찍으며 언제 일어나실 거냐고

언제 한 몸 세우실 거냐고

가만히 여쭈어보는데도 대답 없는 것을 보니

아마, 한 천년은 더 누워 계실 모양이네

그러면 나도 한 천년 뒤 다시 와서

사진도 찍고 손도 잡아보고 그때쯤 다시 여쭈어봐야지

언제쯤 일어나실 거냐고

우뚝 몸 세우실 거냐고

무거운 시

친구를 떠나보낸 늦은 밤

가로등 불빛을 뚫고 빗방울 내리꽂힌다

통 통 통 튀어 오르는 물방울 보며

소금쟁이를 생각한다

가늘고 보드라운 방수성의 털이

그의 생명이다

빗방울이 물의 표면을 딛고

통 통 통 솟아오를 수 있는 것도

빗방울 표면에 방수성 털이 있기 때문이다

이 밤 한없이 무너지는 마음 끝은

마음 받아줄 표면이 없다

소금쟁이처럼 마음이 가벼워질 수 없는 것은

비에 젖어 무겁게 되살아나는

후회 때문이다

하늘 호수

하늘 한가운데 별들의 마을에는

파란 호수가 있어

마음이 무거운 별들이 수시로 찾는다는데

저 하늘 호숫가를 가만가만 거닐기만 해도

반짝반짝 마음이 가벼워진다는데

한참 공원 의자에 누워

호숫가를 거니는 별들 헤아리다

슬그머니

여보―

사랑해요!라고 문자메시지를 날려본다

은근슬쩍 말 건넬 호수 하나 없는

사람의 마을에도

가만가만 밤이 깊어가는데

건망증

허다하게 듣고도 잊어버리는 일

청춘은 갔다

젊음 탓으로 돌리기엔 내가 한 말이 너무 많았다

돌아보면 핏빛 역사 앞에서 더욱 빛나는 건망증

나도 건망증과 동행하는 나이가 되었다

차라리 아파트 화단에 핀 꽃 이름을 잊어버린다든지

꽃술에 앉았다 나는 나비 날갯짓을 놓친다든지

그러나, 잊으려 해도 잊어서는 안 될 것들이

먼저 잊히려 발버둥이다

사실 잊어버릴까 두려운 것들이 건망증을 만들고 있다

나이와 함께 오는 건망증은 여인의 우아함쯤으로 봐주자

건망증이 접근할 수 없는 거리를 유지하는 것이

건망증을 사랑하는 것이다

사랑의 거리가 딱 그만큼이다

안경을 벗어 어디 두었는지 이제야 눈앞이 흐리다

능인*

이 산과 저 산 사이에 짙은 그림자가 있고 긴 뻐꾸기 소리
가 있다

얇은 구름이 있고 두꺼운 비가 있다

소란스러운 대밭이 있고 발소리 죽인 바람이 있다

버럭 화를 잘 내시던 삼촌이 있고 가슴을 쓸어내리는 장
끼가 있다

삽짝 앞에 코를 박은 개가 있다

이 집 저 집 들락거리는 방물장수가 있고 엿판을 졸졸 따
라다니는 아이들이 있다

긴 해의 꼬리를 잘라 불쏘시개로 삼는 며느리가 있다

제사상 올릴 맑은 술이 은은하고, 컬컬한 장정들 웃음소
리가 있다

오후 내내 하품만 하는 배부른 소가 있다

흙먼지만 남겨두고 대처로 떠난 어린 딸이 있고 까마득히
손을 흔드는 엄마가 있다

붕붕거리는 벌들이 있고 종종거리는 개미들도 있다

이 산 저 산 사이 어제의 눈물이 있고 내일의 꿈이 있다

* 경상남도 의령군 유곡면 상곡리의 옛 지명이다. '능인상촌'이라 불리었다. 나는 이곳에
  서 태어나 자랐다.

파도는 바다에만 있는 것이 아니다

한 방울 물에서부터

한 사람의 생이 결정된다면

너무 가혹한 일이다

저 기세 좋은 파도 앞에 서서

꾹 참는 법을 이제야 배운다

두 눈 부라리고 죽을 듯 덤벼야

꼭 기습 후련해지는 것은 아니라고,

삼켜야 할 것들 참지 못해 뱉어내고는

후회하는 일 허다하다는 것을

오십에 알았다고 하면 누가 믿어주나

천방지축 뿔 난 아들과 단 둘이 바닷가에 서 있다

파도는 바다에만 있는 것이 아니라고

온몸으로 파도처럼 말해보지만

소리가 되지 않는다

이런 날

가을 하늘은

외로워서 높이 더 높이 오르고

고추잠자리는

외로워서 낮게 더 낮게 난다

너나없이 가을만 되면 쓸쓸하고 외로운 것은

길을 잘못 잡은 탓이겠으나

지난봄 열정과 순수를 지천명에도 버리지 못해

호수 앞에서 파도를 꿈꾼다

이런 날은 하루가 길고 길어

가을 하늘과

고추잠자리 사이에서 헤어나질 못한다

제
3
부

자본주의 2

이 나이가 되어도

이 세계를 긍정할 수 없다

아니, 그렇다고 맞서 부정도 못 한다

그리고 보면 이건

긍정과 부정의 문제가 아닌지 모른다

따지고 물고 늘어지고 해보아도

우리말 부정과 긍정으로는 답을 찾을 수 없는

말로 표현할 수 없는 세계가 언제부터

내 앞에 뒤에 펼쳐져 있다

눈뜬장님이 따로 없다

당신에게 하는 말이 아니다

마산자유수출지역

들고 나는 파도는 같은데

검은 물 빛깔이 파도 소릴 밀쳐내고 있다

구마산과 신마산은 개항이라는 역사의 흔적

수출에 자유는 있어도 자유가 없던 내 누님들

봉화산 봉수대는 여전히 식어 있다

공장이 공룡처럼 덩치를 키우던

1970년대와 1980년대는

밤낮이 따로 없는 아수라장이었다

돌아보면 꽃이 지듯 한 세기가 폭삭 가고

필름을 돌리면 무거운 흑백이 가슴을 짓누른다

광란의 시대를 가로지른

내 누님들 가난한 숨소리가

아직도 합포만 파도 소리를 잠재우고 있다

통일이 안 되는 이유

남한 사람들은 일본 하면 치를 떨지만, 북한 사람들은 그저 많은 나라 중 하나의 나라라 생각한단다

남한과 북한은 같은 민족으로서 일제강점기 36년 동안 악랄한 식민통치를 겪었는데, 어떻게 일본에 대한 감정이 다른지 남한 사람들은 믿지 못한다

남한과 북한이 서로를 원수처럼 여기기 때문이라고 말하는 이도 있지만, 남한 사람들이 일본을 미워하는 것은 꼭 일본이 밉기 때문이 아니라는 이야기를 조심스럽게 하는 사람도 있다

일제강점기를 겪고 해방이 되면서 북한에는 친일부역자들을 철저하게 심판했다 하지만 남한에서는 오히려 친일부역자들이 반공주의자로 변해서 다시 권력을 잡고 독립군을 공산주의자로 몰아 반역사적인 일을 했기 때문이라고 역사적 사실을 말하는 이도 있다

2차 세계대전을 일으킨 독일이 전후戰後 어떻게 반성하고 사죄하고 부역자를 처벌했는지를 떠올리면 딱히 그 말이 맞는 말인지 모른다

더 나아가 남북통일이 안 되는 이유를 여기서 찾는 사람도 있다

봄을 부르는 소리

망치 소리가 날아다니네

공장 안을 뛰어가기도 슬슬 기기도 하네

두꺼운 강철을 뚫어 강철 길을

쇠를 굽혀 부드러운 곡선 길을

길이 없으면 길을 만드네

작업장 귀퉁이 늙은 은행나무를 흔드니

연초록 잎들이 송송 솟네

가다 보니 멀리 바다가 보이고

눈앞에 산이 가로막기도 하네

해를 끌어 내리기도

비를 부르고 눈을 모으기도 하네

어떤 날은 공장을 들었다 놓았다

손을 잡기도 주먹을 불끈 쥐기도 하네

봄여름가을겨울 누가 뭐래도

망치 소리는 봄을 부르네

절명시

땅의 심장을 찌르고는 절명해 있는 돌 하나, 저렇듯 한곳에 집중하기 위해 얼마나 오랫동안 칼날 같은 시간 위를 달려왔을까

자신을 채찍질한 자존이 남긴 조각들 은하처럼 작은 돌멩이가 되어 빛나고 있다

팔다리 다 잘리고도 남은 것은 멈추지 않는 심장 대나무처럼 지조를 지키는 일이 갈수록 쉽지 않다

절명시를 외우며 절명을 생각한다

수많은 아이들이여!

첫발을 내딛고부터 돌부리에 걸려 넘어지더라도 함부로 돌을 원망하지 말라 돌은 절명해도 단단한 정신은 살아 있다

어둠이 강산을 뒤덮어도 빛나는 아침을 그리며 한 시절 우린 절명시를 외우며 건너왔다

하루를 버티는 힘이 어디서 나오는지 꿈쩍도 하지 않는 저 돌에서 배운다

나는 마산에 살고 있다

기다리는 목은 길다

파도 소리 때문은 아니다

말 울음 말발굽 소리가 아니라도

마산은 새벽 어시장처럼 싱싱 푸르렀다

돌아보지 않아도 지난 한 세대는

몸이 뜨거웠고 혀는 열정적이었다

갈수록 무학산 그림자조차 희미해지는 마산

다시, 말처럼 뚜벅뚜벅 걸어갈 수 있을까

한때 부끄럽지 않았던 기억을 더듬는다

3·15와 4·19, 10·18의 함성을

수출자유지역과 창원공단의 자랑스러웠던 노동자를

나는 아직 마산에 살고 있다

파랑새

아가, 막실재 너머 소나무 숲에는 파랑새가 산단다 한 번
도 본 적 없는 파랑새에 대해 할머니는 가만가만 말씀하시
곤 하셨다

언젠가는 꼭 저 너머에 가보리라 파랑새를 보게 되면 제일
먼저 할머니에게 달려오겠다고 어린 손가락을 걸었던가, 보
란 듯 소나무 숲이 큰기침하며 뚜벅뚜벅 대문을 열어젖힐 것
이라던 할머니도 재 너머 숲으로 가셨다

바람 불면 할머니 소식이 가끔 묻어오기도 했으나 나는
점점 커가면서 소나무 숲을 잊어버리는 날이 더 많았다

고향을 떠나 대처로 나와서는 할아버지가 간직하셨던 세
상에 대한 열정이며, 그 할아버지를 지켜보셨던 할머니의 간
절한 소망 같은 것 하며, 어린 손자에게 긴 이야기를 풀어놓
으시던 시간 앞에 나는 한 번도 당당하게 마주 서본 적 없다

아침에 길 나섰다 집으로 돌아오는 길 어디쯤, 소나무 숲은 늘 그 자리에 있다는 것을, 할머니는 한 번도 저 소나무 숲에서 나온 적 없다는 것을, 열한 살의 아버지가 아직도 소나무 숲속에서 헤매고 있다는 것을, 해방되고 전쟁이 나고 육십여 년이 흐른 지금도 할머니는 나에게 소곤소곤 이야기하신다

파랑새는 어디에도 없고 어디에도 있다 보도연맹에 연루되어 끌려가신 서른일곱 살의 할아버지가 할머니 고운 손을 잡고 오늘도 소나무 숲을 거닐고 계신다

마산 10·18 그리고

봉화산이 내려와 급히 발을 담근다

봉화의 함성이다

마산이 우뚝 말처럼 일어서면 푸른 기와집 문패가 바뀐다
했다

아직은 하늘의 때를 모른다

지하는 더욱 내려가고 지상은 마천루, 바다 표면은 잔잔
하고 파도는 어디서 뜨거운 가슴을 식히나

고래처럼 긴 숨 참았다 내뱉는 돝섬 등이 들썩이고 방풍림
같은 무학산은 언제 학익진으로 고고함을 나타낼 것인가

가만히 한쪽 발을 합포만에 담그는, 갈기가 찢어진 한 마
리 말

공단은 여전히 기계 소리, 바다 위에는 배들의 그림자, 사
람들은 다 어디로 갔나 함성은 파도 소리처럼 멀어져간다

이제 이름조차 잃어버린 마산

그 등 푸른 집이 두려워하지 않아도 되겠다

129번[*]

독야청청 한겨울을 열 번이나 보낸 소나무는

매화나무 꽃잎 앞에 두고 다가올 봄을 상상한다

자연의 이치를 내 알 수 없으나

소나무나 매화나무가 봄을 꿈꾸며

스르르 마음을 여는 것이 이치를 아는 것이라 하자

계절이 멈춘 도시에는 끓는 피를 어찌할 줄 몰라

우우— 우우— 야생마처럼 몰려다니는 청춘들,

그들은 소나무나 매화나무 마음 따위에는 관심이 없다

하물며 가로수 은행나무 우듬지 까치집에

봄이 오는가 마는가를 왜 알아야 하나

매화가 만발해도 매실이 열리지 않는 이 불임의 시대,

앙상하게 뼈만 남은 할매 할배들이 잉태를 꿈꾸는

* 129번은 밀양시 부북면 화악산 평밭마을에 설치된 76만 5천 볼트의 전기를 전송하는 송전선을 연결하는 송전탑 번호이다. 송전탑을 반대하는 할머니 할아버지들이 10여 년간 공권력에 의해 행정대집행이 있었던 날까지 목숨을 걸고 투쟁을 했다.

공존하는 시대

호랑이 담배 피우던 이야기는 전설이 되었다

보고자 하는 것은 다 볼 수 있는 시대에

나는, 당신은 살고 있다

공존은 아름다운 말이 아니다

노예와 주인이 함께했던 역사가 증명해주고 있다

하루 24시간 365일 누군가 다 보고 있다

온몸 구석구석 헤집고 있다

머릿속 가슴속을 두리번거리는 눈동자를

놓치지 않고 표적을 만들고 있다

언제 닥칠지 모르는 증거 앞에

알리바이를 만드느라 나는 두렵다

다 보는 사람과 다 보이는 사람이 함께하는 시대

정작 나는 나를 볼 수 없다

나, 자신을 모른다

저녁이 있는 삶

네온이 별빛을 잡아먹고 있다

하늘을 봐야 할 이유가 없어진 시대

별이 이상이라는 아름다움은 외침도 아니다

절규는 더더욱 아니다

영혼의 안식처는 교회에도 절에도 없다

그림자를 남기지 않는 건물들이 높이 경쟁을 하고 있다

그럴수록 지하로 지하로 숨어드는 사람들

들판과 어장과 광산과 공장에서 흘리는

굵은 땀방울로도 보장되지 않는

저녁이 있는 삶*

지금은 밤과 낮은 자연의 이치가 아니다

* 손학규, 『저녁이 있는 삶』 폴리테이아, 2012.

광장 안에 사는 비둘기

광장은 넓고요

광장은 언제부터 안전하고요 안전한 광장에서 안전하지 못한 광장 밖에 대해 피켓을 들고 목소리 높이는 이들이 늘어났지요 광장 밖에 살던 비둘기들도 광장 안에다 집을 짓기 시작했고요 누군가 던져주는 하루를 받아먹은 비둘기 가슴이 통통해지자 평화라는 지루한 꼬리표가 너덜너덜해졌지요

이젠 광장 안이 평화입니다

담 하나 없는 광장은 넓고요 광장이 너무 넓어 목소리는 광장을 넘지 못한답니다 멀어지고 멀어지고 멀어져서 광장 가장자리에 주저앉고 마는 목소리들 광장 중심에는 비둘기만 남았어요 언제 적부터 그랬답니다 광장은 광장만의 광장이 되어가기 시작했어요

저 비둘기들을 보세요 얼마나 평화롭습니까?

피켓은 한곳에서만 흔드세요 당신은 위험한 사람입니다
이 광장 안에서만 집회를 허가합니다 당신도 국민이니까 국
가는 당신을 보호해야 하니까요 대부분 광장 밖에 사는 사
람들은 늘 피곤하답니다 그들 저녁을 방해하지 마세요 광
장 안을 선택한 건 권리예요 당신 불만을 우린 충분히 이해
합니다 즉, 다시 말해 이 광장 안에서 마음껏 소리치세요 그
것이 당신에게 주어진 권리입니다 당신은 선택의 자유가 있
습니다

당신에게 행운이 있기를

비무장지대

순간, 한순간의 장면

당신과 내가 사는 남과 북이라는

지구에 유일하게 남아 슬픈

펄펄 살아 건너뛰기에도 바쁜,

바쁜 시간이 딱 멈춘

비무장지대를 사이에 두고

속도가 경제지표이고

속도가 삶의 질을 정한다는 21세기에

뻗을 손도 내밀 언어도 없는

강물마저 침묵하는

바람마저 외면하는

적막이 오히려 팽팽하여 고요가 천근이나 되는

소통되지 않는 언어로 지은 집에 마주 앉아

아침을 맞는 이 단란한 장면

불꽃

1946년 10월 1일을 어떤 이는 10월인민항쟁이라 부르고, 어떤 이는 10월 항쟁이라 부르고, 어떤 이는 10월 1일 사건이라 쓰고, 어떤 이는 10월 1일 영남 소요라 쓰고, 어떤 이는 10월 폭동이라며 짓밟는다

피었다 지는 꽃을 두고 어떤 이는 자연을 이야기하고, 어떤 이는 이치를 따지고, 어떤 이는 삶의 허무를 생각하고, 어떤 이는 생의 마지막을 점치기도 한다

쌀을 달라 굶어 죽어가는 자식 앞에 두고 봉홧불을 댕겼던 순간 누구는 혁명을 꿈꾸었을 것이고, 누구는 반역이라 꼬리표를 붙였을 것이다

시간이 멈춘 지 70년, 오늘도 봉화산 들머리 억새들은 서로서로 몸 부대껴 안부를 확인하느라 바쁘다 피었다 지는 꽃이야 아쉬워해본들 소용없는 일이지만 떨어져 시든 꽃잎이 상흔처럼 남아 있는 1946년 10월 1일 대구 그리고……,

그 하늘 아래 불꽃을 나는,

10월항쟁이라 부르고 쓴다

세월호[*]

아무도 보지 못했다

불쑥!

한강의 기적 위로 솟아오른

바벨탑을

[*] 세월호는 2013년 1월 15일부터 인천과 제주를 잇는 항로에 투입돼 주 4회 왕복 운항
하다 2014년 4월 16일 진도 해상에서 침몰하였다. 수학여행을 가던 단원고 2학년 학
생들과 승객들을 포함해서 304명이 구조의 손길 한 번 받지 못하고 희생되었다.

제
4
부

Korean dream

피부 빛깔이 노동의 값을

출생이 신분을 정하는

어느 시대에나 있었다

노예나 농노나 소작이나 머슴이나 노동자나

몸마다 다양한 가격표들

이마에 붙이고

선택되기를 기다리는 상품이지만

실은 정당한 가격을 받아본 적 없다

끝없는 신기루가 펼쳐진 사막과

직선으로 뻗은 코리안 드림 사이에는

지하 갱도를 따라 내려간 시간처럼

가격표가 붙은 피가 흐르고 있다

기계 소리

떠날 수 없다

끈질김으로 여기까지 왔다

햇살처럼 푸근하다가도

바람처럼 외면하는

그렇다고 떠날 이유를 찾을 수는 없었다

가끔가끔 말이다

네 안에서 어리광을 부리는 날엔

삼겹살에 쇠주 한잔 걸치고

"어머니 소주 한잔 했습니다."

"오래오래 사셔야 합니다."

아침이면 까맣게 잊힐지라도

그래야 툭— 어깨 치며 하루를 시작할 수 있겠다

오늘도 조용한 안방까지 따라와서는

나보다 먼저 잠자리에 드는

이 징그러운 소리

공장 빙하기

은행나무 한 그루 심어야겠네

공장 정문에다 심어야겠네

공장이 화석이 되어 지구 곳곳에서 발견될 때

새파랗게 잎 틔우고 열매 맺어

여기가 공장이 있던 자리라고 유일하게 증명해줄

은행나무 한 그루 심어야겠네

이 빙하기를 견디고 견뎌

지구의 역사가 되는

버림받은 노동자들 가슴을 심어야겠네

은행나무 한 그루 심어야겠네

공장 정문에다 심어야겠네

취업공고판

—박영근 시인

등 뒤에 있어 볼 수 없다

누가 알겠는가

컨베이어를 백마처럼 타고 도는 하루를

알아도 그만 몰라도 그만인

그들,

그들은 바람을 등에 업고

취업공고판 그림자를 밟고 서 있다

길게,

1980년대를 지나

2010년대가 되어도 공단은 달빛만 괴괴하여

늑대처럼 목울대를 세워

"솔아 푸르른 솔아"를 노래해도

얼어붙은 계절엔 봄이 없다

프레스 앞에서

덜컹, 쿵—

덜컹, 쿵—

틀림없이 밥을 찍어내리라

삼대

이른 아침 논밭을 지날 때는 발소리 죽이거라

(가만가만 말씀하시던 아버지)

혹, 창원시 대원동 82번지 두산메카텍 공장 앞을 지날 때
는 그냥 지나치지 말거라

(얘야!)

문송면[*]

흐르지 않는 것은 굳는다

동맥경화의 시간 위에 딱딱하게 굳어 있는 풍경, 쇼윈도 진열장의 화려함이 시선을 빼앗고 있다

내가 하는 일과 그 결과에 대해 한 세대는 관심이 없었다

완제품 뒤에는 수은이나 시너에 중독된 1980년대가 그림자로 남아 있을 뿐

숨도 제대로 쉴 수 없는 온도계 공장에서 점점 몽롱한 눈을 껌뻑거리던, 어린 노동자들 하루하루가 딱딱하게 굳어 있을 뿐

코에 구멍이 뚫리거나 손가락이 짓무르는 고통의 시간이 전시되어 있다는 것을 아무도 몰랐다

보이는 것은 오직 반듯한 완제품

완제품은 오늘도 진행형이다

* 문송면(文松勉, 1971년 2월 14일~1988년 7월 2일)은 온도계 제조업체에서 근무 중 수은중독으로 15세 나이에 사망한 대한민국의 노동자이다. (위키백과)

1980년대 그때는

별들에 길을 물었던 적 없으면서

유난히 별을 좋아했다

단 한 번 제 길 벗어나본 적 없는

강물을 닮지 않았으면서 유난히 바다를 동경했다

도시 골목 끝 홀로 남아 생각만 해도

아득한 저쪽

별 하나 보이지 않는데

강물 소리 하나 들리지 않는데

망치 소리 아련한 공장에서

별이나 헤아리다

강물 소리나 듣다가……

지독

버려진 것들이 모여 이룬 쓰레기 더미

썩는 냄새가 코를 베어 물고 있다

이 지독한 냄새 앞에서 나는 왜 지독舐犢을 생각는가

강물이 별을 품고 바다를 생각하듯

이미 팔순을 바라보는 어머니는 아직도 나를 향해

지독舐犢이시다

사실 지독과 지독은 마음이다

그 마음이 고개를 끄덕이게도 하고 절레절레 흔들게도 한다

이런 대비는 어떤 마음을 불러올까

고철장 귀퉁이를 차지하고 있는

늙은 기계가 내는 숨소리가 지독하게 평화롭다

페인트로 정장을 한 채 출하를 기다리는 제품들이

모델처럼 폼을 잡고 있는 것은 더 지독스럽다

혁명은 없다

혁명은 지나친 불평등에서 싹이 튼다고 한다

20 대 80 사회를 넘어 1 대 99의 사회에서는 싹이 아니라
이미 혁명이 무르익고 있는지 모른다 그러나 자본주의사회
에서 더는 혁명은 없다

보수주의자 비스마르크가 포괄적 사회보장법을 고안한
것은 노동자를 위한 정책이 아니라 혁명의 싹을 자르기 위한
고육책이었다

작은 부자들은 어리석지만 큰 부자들은 현명하다

1 대 99가 아니라 0.1 대 99.9의 사회가 되어도 이제 더는
혁명은 없다 99.9%의 가난한 사람들이 무엇을 생각하는지
큰 부자들은 알고 있기 때문이다

그들은 돈이 들어가지 않는 애국이라는 말을 창안했으며,

가난한 사람과 부자가 아니라 우리는 한민족이라는 말을 주입했으며, 심지어 그들은 지역을 나누고 동기로 묶고 정규직과 비정규직으로 나누어 혁명의 싹이 자라지 못하는 황무지를 만들었다

이제 혁명은 없다

정부로부터 받는 양육비가, 노령연금이 내가 낸 세금이라는 것을, 내가 낸 세금으로 생색을 내는 정부를 큰돈을 버는 부자를 부러워할 뿐 경멸하지 않는 한 혁명은 없다

슬픈 이름

발을 꽉 물고 있는 동안

안전화는 지구를 떠날 수 없다

발과 밥은 그래서 비례한다

이건 단순 가난의 문제가 아니다

태어나기도 전에 형벌이 주어진

거부할 수 없는 그들,

그들이 일평생 하는 일은 밥을 구하는 것

바위를 굴리고 또 굴려야만 하는

노·동·자

그들, 이름은 똑같다

가슴속이 불타다가도 밥을 생각하면

자신을 통제할 줄 아는 슬픈 이름

정작 두려운 것은 머리 위 불볕더위가 아니다

살갗을 파고 온몸을 휘감는 푸른 냉기가 아니다

발아래 불이 꺼지는 것

오늘도 지상에서 발이 떨어진 자들이

안전화를 벗고 있다

가난한 사람들

"비적은 주로 부자에게 빼앗지만, 정부는 주로 가난한 자에게서 뺏는다"* 했다

보상도 필요 없다는 사람들 조상 대대로 살아온 땅에서 평화롭게 살게만 해달라고 10여 년째 절규하는 사람들, 정치가 무엇인지 그저 땅만 파고 살아온 내 할머니 할아버지 같은 사람들, 송전탑을 반대한다는 그 하나 이유만으로 하루아침에 국민이 아니라 적이 되어버린 사람들

이 순박한 사람들 숨통마저 끊어놓겠다

2014년 6월 11일 법 절차라는 허울 좋은 핑계로 벌건 대낮에 시퍼런 칼날을 휘두른 행정대집행, 밀양에는 화악산에는 장동마을에는 평밭마을에는 위양마을에는 고답마을에는 용회마을에는 대한민국 국민은 없고 적만 있었다

부자는 한 명도 없고 가난한 사람들만 있었다

이제 밀양은 또 하나 잔인한 역사를 남기게 되었다 서울 용산이 그랬고, 제주 강정이 그랬고, 살인적인 정리해고가 자행된 쌍용자동차가 그랬고, 한진중공업이 그랬듯, 언제나 그곳에는 부자는 한 명도 없고 가난한 사람들만 있었다

---

* 톨스토이는 저서 『국가는 폭력이다』(조윤정 옮김, 달팽이, 2008)에서 "비적은 보통 부자들을 약탈한다. 정부는 보통 가난한 자들을 약탈하고 정부의 범죄행위를 돕는 부자들을 보호한다. 비적은 목숨을 걸고 자기 일을 하지만, 정부는 아무런 위험 부담도 없이 모든 일을 거짓과 속임수를 통해 해치운다. 비적은 누구에게 도 자신의 수하가 되라고 강요하지 않는다. 반면 정부는 강제로 병사들을 징집한다. 그 비적에게 세금을 낸 사람들은 위험하면 누구나 동등하게 보호를 받을 수 있다. 국가에서는 조직화된 기만에 더 깊이 관여할수록 보호 외에도 큰 보상을 받는다"고 했다.

일터에 봄은 오는가

지뢰밭을 건너는 심정으로

하루하루 살아온 세대들이 외친 구호는

밤하늘 별처럼 유효한데

붉은 머리띠는 빛이 바래고

검은 만장만이 바람에 맞서고 있다

지금 내가 외치는 "고용안정"이

1970년대의 근로기준법과 1980년대 노동해방을 염원한

그 간절함에 견줄 수 없다

일터를 넘어 모든 노동자가

따뜻한 밥 한 그릇 먹고자 피를 나누며 몸부림쳤던

한결같은 그 마음,

대기업과 중소기업 정규직과 비정규직

층층 갈가리 상처만 남은 공장

찢어진 일터에 봄은 오는가*

* 이상화의 시 「빼앗긴 들에도 봄은 오는가」를 빌려 씀.

겨울 산은 봄을 의심하지 않는다

누가 뭐래도 우린

한 시절,

따뜻하고 꿋꿋하고자 했다

무성했던 여름에도

서릿발 같은 겨울에도

단 한 번 봄을 의심하지 않는

저 겨울 산처럼

노동조합 깃발이

오늘도 바람에 나부끼고 있다

노동시와
노동 시인

*

밭은기침 소리가 가끔 들리는 아침, 일 시작을 알리는 종소리가 울리기도 전에 늙은 기계가 내뱉는 숨소리를 먼저 듣는다. 이런 숨소리를 듣는다는 것은 내 마음이 어디에 가 있는지를 나 자신이 잘 알고 있다는 것이다. 이미 아버지 어머니는 팔순이다. 아프지 않은 곳이 없다. 늙은 기계처럼 숨소리가 거칠 때가 더 많다. 평생 공장에서 기계와 함께 숨을 쉬다 보면 다 들린다. 삐걱대는 하루가. 하루하루 산다는 말이 누구에게나 희망이 되는 것은 아니다. 나에게도 하루가 내일이었던 시절이 있었다. 아버지 어머니가 건너온 시절도 그러했을 것이다. 아무리 힘들어도 숨소리를 내지 않을 수 없다. 그게 '내일'이 있기 때문이다. 사람이 사는 이유가 대단한 것이 아니다. 아주 단순한 것들로 짜인 하루가 말해주고 있다. 하물며 시를 쓰는 일이랴.

*

내 시는 어디서 왔고 누구와 손을 잡고 툭툭 어깨를 치기도 하면서 걸어왔는가. 모든 시인이 그렇겠지만 삶을 빼고는 시를 이야기할 수 없다. 시와 삶은 떼어놓을 수 없기 때문이다. 가끔 시와 삶을 한상에 차려놓고도 따로국밥으로 치부하는 이들이 있다. 이들은 시는 시, 삶은 삶이라고 구분하기도 한다. 시와 함께 걸어온 시간을 긍정도 부정도 내가 하지 않는 것은, 시와 삶이 나에게는 한 몸이기 때문이다. 그렇다고 시가 나를 구원했다는 둥 그런 엉뚱한 말은 하고 싶지 않다. 다만 내가 쓴 시가 어떤 이에게는 공감을, 어떤 이에게는 불쾌감을 더러 주기도 했을 것이다. 물론 앞으로도 그럴 것이다. 무엇보다 시가 언제까지나 내 손 잡아주는 것을 잊지 않기를 바란다.

*

시는 무엇이든 표현할 수 있다고 하지만, 기계 소리를 기계 소리로 표현할 수 있을까? 새소리를 새소리로 물소리를 물소리로…, 표현할 수 없는 것이 있다는 것을 시를 쓰면서 알게 되었다. 여러 시적 수사를, 방법을 다 동원해도 표현해내지 못하는 것이 있다. 길이 없는 곳에 길을 내는 일을 무엇이라 표현할까. 혁명도 창조가 아니다. 나는 아직도 공장에 첫발을 들이던 순간을 표현하지 못한다. 영영 표현하지 못할지 모른다.

*

노동자가 시를 쓴다는 것에 대해, 노동자가 쓴 시에 대해, 눈을 가늘게 뜨고 바라보는 사람들이 많다. 지금은 그래도 좀 나아졌지만, 노동자가 무슨 시를 다 쓰냐고, 꽃 이야기도 별 이야기도 사랑 이야기도 아니고 망치 소리, 기계 소리, 공장 이야기를 쓴 것이 무슨 시냐고. 세상이 참 희한하게 변했다고 수군거리는 사람들이 많았다. 사실 맞는 말인지 모른다. 하루하루가 지긋지긋한 공장 생활, 벗어나고 싶은 그 시간과 장소를 다시 글로 이야기한다는 것은 노동자에게는 고문인지 모른다. 그렇다고 노동자들이 자신의 삶과 동떨어진 이야기를 한다는 게 무슨 의미 있을까. 이런 것을 각성이라고 한다는데, 이 땅의 노동자들이 각성한 지가 사실 얼마 되지 않았다.

*

　저 1970년대와 1980년대를 지나오면서 이 땅의 노동자들이 겪어야 했던 삶을 어찌 시로 다 표현할 수 있을까. 그렇다고 지금 노동자들 삶이 먹고살 만해졌느냐 하면 그것도 아니다. 그러니 어쩌면 영영 노동자의 삶을 시로 표현해내지 못할지 모른다. 노동자 자신이 시를 쓰지 않고 소설로 집을 짓지 않는 한 누가 그것을 진정성 있게 노래할 수 있을까. 갈수록 노동자 삶을 이야기하는 시인이 줄어들고 있다. 그것은 읽히지 않기 때문이라고들 하지만, 그 이유를 어디서 찾아야 할까. 역시 노동자의 삶은 시적 소재가 안 되는 것일까. 그래서 많은 시인이 노동 현장을 떠나 별을 쳐다보고 구름을 타는 것일까.

*

　노동자는 내일을 상상하면 안 되나. 공장에서 일만 하고 밥만 굶지 않으면 다행인가. 자신의 내일을 자신이 결정하면 안 되나. 시는 담 너머를 상상하는 것이다. 오늘만 생각하면 오늘은 상상을 거부한다. 담이 아무리 낮아도 쉽게 넘을 수 없는 것은 담 너머를 꿈꾸지 않기 때문이다. 그러나 내일이 있기 때문에 오늘이 있는 것이다. 내일을 상상한다. 그래서 노동자가 시를 읽고 쓰고 해야 할 이유가 여기에 있다. 노동자들이 상상하는 내일은 어떤 내일일까. 그래서 나는 오늘도 가슴이 뛴다.

*

다들 그렇게 이야기한다. 쉬운 시가 좋다고, 쉬운 시는 시가 아니라고도 한다. 하지만 무엇이든 솔직하게 쓰자. 자신을 속이지 않는 것, 그것이 용기다. 먼저 말을 걸고 악수를 하고, 술잔을 부딪치며 오늘을 견디고 내일을 이야기하는 그게 노동자들이 쓰는 시다. 현실에 발을 딛고 내일을 꿈꾸는 시, 좀 쉬워야 하지 않을까. 쉽게 읽고 쉽게 느끼고, 친근하게 다가설 수 있는, 그게 노동자가 쓰는 시의 힘이다. 그 힘을 나는 믿는다.

*

시는 산을 넘기도 하고, 바다 위를 걷기도 하고, 심지어 지구를 세우기도 하지만 당신의 가슴을 열기도 내 가슴을 열어보기도 한다. 모든 시가 그렇다. 하지만 노동자가 쓰는 시는 좀 달라야 하지 않을까. 모든 시인이 꿈꾸는 것을 넘어 이 자본주의시대 밑바닥에서 헤어나지 못하는 사람들 이야기를 넘어, 당당히 맞서는 일도 스스럼없이 하는 그게 노동자들이 쓰는 시가 되어야 하지 않을까. 역사 이래 시가 시인이 가진 유효한 것 중에 이런 것 하나를 더 추가해도 되지 않을까. 현실이 시다.

*

노동자가 쓰는 시는 왜 달라야 할까. 그건 현실이 있기 때문이다. 현실이 고통스럽고 제도에 의해 고통 받고 있기 때문이다. 차라리 습관이나 관습이면 자신이 바꾸면 되지만 제도는 쉽게 바꿀 수가 없다. 먹고 먹히는 먹이사슬처럼 질서를 누군가 만들어 놓고 강요 아닌 강요를 하기 때문이다. 그것을 도덕이라는 틀로 또 한 번 단단하게 묶어놓고 있다. 시인도 마찬가지다. 시인은 그냥 시인인 줄 알았다. 그런데 시인에도 각각의 이름이 있다는 것을 알고는 왜 그런지 의문을 가진 적 있다. 시인, 노동 시인, 농부 시인, 교사 시인, 어부 시인, 광부 시인, 자영업 시인, 교수 시인, 공무원 시인, 의사 시인, 전업 시인 수많은 종류의 시인이 있지만 우리가 알고 있는 시인은 그냥 시인과 노동 시인 정도다. 공무원 시인은 공무원 시인이라고 부르지 않는다. 의사 시인은 의사 시인이라고 부르지 않는다. 유일하게 노동자가 시를 쓰면 노동 시인이라고 노동시라고 부른다.

*

그래서 이런 시를 쓴 적 있다.

　사랑시는

　사랑이라고 쓰지 않아도

　사랑시가 된다

　자연은 자연을 이야기하지 않아도

　자연스럽게 다가온다

　유독 노동시만이

　노동을 이야기하지 않으면

　노동시가 아니다

　노동시라고 이름 붙여진

　내 시를

　노동자는 읽지 않는다

　노동자가 읽지 않는 노동시를

　노동시라고 박박 우기는 평론가들 앞에서

　나는 노동시에 대해 생각한다

　사랑이라고 쓰지 않고도

사랑시가 되는 것은

사람의 가슴속에 사랑이

자연스럽게 받아들여지기 때문이다

노동시가 노동자의 가슴속에

사랑처럼 가만히 녹아들지 않는 것은

노동이 노동자로부터도

외면받기 때문이다

자연이 누구에게나

포근하게 다가오는 것과 같이

노동이 내 가슴을 끓게 만든 사랑처럼

뜨겁게 살아 요동칠 때

그때쯤 되어서야

노동시가 읽히게 될지 모른다

— 「외로운 시」(『기계라도 따뜻하게』, 2013)

*

나는 노동 시인이라고 불린다. 처음에는 내가 노동자이고 노동을 주제로 시를 쓰니까 그런 줄 알았다. 다시 생각해보면 그게 아닌 것 같다. 누군가 시인에도 종류가 있다며 구분해놓았다는 것을 한참 후에야 알았다. 대한민국에는 노동 시인이 많다. 그런데 지금은 노동 시인이라는 이름을 달고 시를 쓰는 시인이 몇 없다. 또, 달리 말하면 노동자가 아닌 노동 시인도 있다. 하지만 지금은 노동시를 쓰지 않는데도 노동 시인으로 불리는 시인이 있다. 노동시에 대한 이야기만 나오면 이름이 거론되는, 왜 그냥 시인이 아니고 노동 시인일까. 왜 그냥 시가 아니고 노동시일까. 누가 이름을 붙이고 갈라놓았을까. 노동자는 시를 쓰면 안 되는 것처럼 들리기도 한다. 시를 쓰는 시인에게도 혹 계급이 있는 것은 아닐까.

*

배가 고파도 자연을 아름답게 묘사하고, 라면으로 한 끼를 때워도 하늘의 별을 보며 희망을 꿈꾸는 것이 시인인 줄 안다. 시에 비속어가 들어가면 안 되고. 정부를 비판해서도 안 되고, 노동자의 삶과 노동 현장을 고발해도 안 되는 그런 시절이 있었다. 그래서 시인은 아무나 되는 것이 아니다. 그런데 목숨 걸고 시를 쓰던 시인을 우리는 기억한다. 그 많은 시인 중에 시를 써서 권력에 대항하고 고통 받는 민중을 대변하던 시인도 있었다. 하물며 서정시를 쓰기 힘든 시대라고 토로했던 시인도 기억한다. 하늘의 별을 이야기하기 전에 떨어지는 나뭇잎에 눈물을 흘

릴 것이 아니라 우선 삶을 이야기해야겠다. 시인이기 이전에 우리가 꿈꾸어야 할 희망을 이야기해야겠다. 그것이 필요한 시대에 우리는 아직 살고 있기 때문이다.

*

서정시를 쓰지 않는 시인이 있을까. 사람과 동떨어진 이야기를 시로 쓰는 시인이 있을까. 나아가 시인이라면 광장에 서는 것을 기쁘게 생각해야 하지 않을까. 운명처럼 시는 늘 따뜻한 아랫목이 아니라 문밖에 서 있기 때문이다. 그곳이 시가 서 있어야 할 자리라고 나는 생각한다. 그게 내가 꿈꾼 내일이고 시다. 그래서 내 시는 공장을 떠나지 못하고 있다. 노동자들 삶에서 아직 한 발짝도 더 나아가지 못하고 있다. 아니 영영 벗어나지 못할지 모른다. 그래도 나는 시와 함께 걷는 길이 힘들지 않다. 내 시에 묻어나는 망치 소리와 기름 냄새가 정답다. 그게 내 서정이고 삶이기 때문이다.